행복한 걱정 가게

② 걱정이 없는 게 걱정

글 이수용
그림 민키

이지북
EZbook

차례

1 '아마도'라니

"다음 주면 너희가 기다리던 체육 대회네."

선생님의 말에 아이들이 탄성을 질렀어요. 신나지 않은 아이는 나뿐인가 봐요. 체육 대회 같은 게 뭐가 좋아서 그러는지 모르겠어요. 달리기는 숨이 턱턱 차서 심장이 터질 것 같고, 피구는 힘들게 피해 다니다가 결국에는 공에 맞아야 하는데 말이에요.

"앞으로 체육 시간마다 조금씩 준비하기로 하자. 혹시 우리 반 달리기 대표로 나가고 싶은 사람 있어?"

내 앞줄에 앉은 다온이가 손을 번쩍 들었어요.

"오, 다온이! 체육 대회 때까지 집중 연습해야겠네."

"네, 열심히 할게요."

다온이가 야무지게 대답했어요. 그러고 보니 다온이는 체육 시간에 제일 신나 보였어요. 달리기도 줄넘기도, 체육이라면 무엇이든 잘해서 그런가 봐요. 체육이라면 무엇이든 못하는 나랑 다르게 말이에요.

쉬는 시간에 다온이랑 짝꿍이 수다 떠는 소리가 들렸어요.

"다온이 너, 2학년 전체에서 달리기 1등 하는 거 아니야?"

"그러면 진짜 좋겠다."

"넌 남자 친구 사귀어도 달리기 못하는 아이는 안 사귀겠다."

"아마도?"

'아마도'라니, 심장이 쿵 내려앉는 것 같았어요.

몇 달 전, 체육 시간에 나는 우리 반 남자아이 중에

서 달리기 꼴찌를 했어요. 다행히 여자아이들은 줄넘기를 연습하느라 내가 달리기 시합에서 꼴찌 하는 걸 보지 못했어요.

그런데 체육 대회 때는 반 대표만 시합에 나가는 게 아니라 전교생 모두 달리기를 해야 한대요. 내가 꼴찌로 들어오는 걸 보면 다온이는 무슨 생각을 할까요? 아마 '쟤는 정말 별로다.'라고 생각하겠죠. 내가 상상해 보아도 꼴찌로 느릿느릿 들어오는 모습은 정말 별로일 것 같아요.

수학이나 영어는 열심히 하면 더 잘할 수 있다는 걸 알아요. 그런데 체육은 아무리 열심히 해도 잘 안 돼요. 하필 내가 좋아하는 여자아이가 체육을 좋아하고, 체육 못하는 남자아이를 싫어하다니…….

'뭔가 대책이 있어야 해. 다온이 앞에서 절대로 꼴찌를 할 수는 없어.'

집에 오는 길에 곰곰이 생각해 보았어요. 그렇지 않

아도 걱정이 많은 편인데 이렇게 큰 걱정은 오랜만이 었어요.

저녁을 먹기 전에 나는 아빠에게 도움을 청했어요.

"아빠, 나 다음 주에 체육 대회인데 또 달리기 꼴찌 하기 싫어. 달리기 연습 좀 시켜 줘."

아빠가 나를 안쓰러운 눈으로 보았어요.

"그래, 아빠랑 같이 연습해 보자."

아빠는 동네 공원에 가서 내가 달리는 동안 기록을 재 주었어요. 나는 몇 번이고 온 힘을 다해 숨이 차도 록 달렸어요.

"헉헉. 아빠, 이번에는 어때? 아까보다 좀 빨라진 것 같은데."

"음……."

아빠가 심각한 얼굴로 초시계를 보았어요. 기록이 아까랑 별 차이가 없나 봐요.

"오늘은 여기까지 하자. 처음부터 너무 무리하면 힘

들잖아."

나는 집에 오는 길에 아빠에게 고민을 털어놓았어
요. 달리기도 못하고, 피구도 못하고 체육이라면 전부
못하는 게 너무 속상하고 답답하다고요.

가만히 듣고 있던 아빠가 조심스럽게 말했어요.

"연호야, 실은 아빠도 고백할 게 하나 있어."

"뭔데?"

"네가 체육을 못하는 건 네 탓이 아니야. 전부 아빠
탓이야."

"왜? 그게 왜 아빠 탓이야?"

"나도 어릴 때부터 체육을 진짜 못했거든. 달리기도
항상 꼴찌였어. 연호 네가 나를 닮아서 그런 것 같아."

아빠가 미안한 얼굴로 말했어요.

"왜 그 이야기를 지금까지 안 했어?"

"네가 괜히 기죽을까 봐 그랬지. 연호 네가 너무 애
쓰는 것 같아서 네 탓이 아니라고 말해 주고 싶었어."

그 말을 듣고 보니 정말 아빠를 닮아서 체육을 못하는 게 맞는 것 같아요. 체육 시간에 창피한 게 싫어서 미리 연습한 적이 많거든요. 그래도 매번 나는 꼴찌였어요. 줄넘기도, 공 던지기도, 멀리뛰기도 말이에요.

집에 와서 저녁을 먹는데 밥맛이 하나도 없었어요.

엄마가 아빠한테 이야기를 듣고 내 어깨를 다독거리며 말했어요.

"연호야, 네가 엄마를 닮았으면 좋았을 텐데. 엄마는 반에서 달리기 1등이었거든. 하필 왜 아빠를 닮았는지……. 그래도 연호는 다른 걸 잘하니까 너무 기운 빠지지 마."

엄마 말이 하나도 위로가 되지 않았어요. 내가 좋아하는 다온이는 달리기를 잘하고 달리기 잘하는 아이를 좋아하는데, 내가 다른 걸 잘하는 게 무슨 소용이냐고요!

② 수상한 가게

체육 대회 때문에 잔뜩 걱정하다가 잠들었더니 전교에서 달리기 꼴찌 하는 꿈을 꾸었어요.

교장 선생님이 전교생 앞에서 나에게 '꼴찌 격려상'을 주는 거예요.

"이번 체육 대회는 특별히 꼴찌에게도 격려의 상을 주기로 했습니다."

그러자 아이들이 웃음을 터뜨렸어요. 다온이도 나를 보고 있다고 생각하니 어디론가 도망가고 싶었지요.

그런 꿈을 꾸고 일어났더니 학교 갈 기운이 나지 않

앉어요. 밥을 먹는 둥 마는 둥 겨우 먹고 힘없이 책가
방을 멨지요.

"연호야, 보조 가방 안 챙겨?"

"아, 맞다."

나는 엄마한테서 보조 가방을 받아 들었어요. 이 가
방에는 혹시 필요할지도 모르는 물건들이 들어 있어

요. 손수건, 반창고, 물티슈, 작은 우산, 손톱깎이, 옷
핀……. 매일 필요한 건 아니지만 없으면 불안해지는
물건이에요. 처음에 한두 개일 때는 책가방에 챙겼는
데 점점 많아져서 따로 작은 가방을 마련했어요.

그런데 오늘은 기분이 별로여서 그런지 보조 가방
도 미워 보였어요.

'다온이가 이런 가방 들고 다니는 아이를 좋아할
까?'

등굣길에 한 번씩 다온이를 만나는데, 다온이는 늘
가벼워 보이는 책가방 하나만 메고 날쌔게 달려가요.
나는 보조 가방 때문에 걸음이 느려지고 달리기도 더
못하는 것 같아요. 그렇다고 보조 가방을 놓고 다닐
자신은 없는데……. 혹시 필요한 일이 생길지 모르니
까요.

건널목에서 신호가 바뀌기를 기다리는데, 저 앞에
못 보던 가게가 눈에 띄었어요. 조그만 가게인데 간판

에 '행복한 걱정 가게'라고 써 있었어요.

'걱정 가게? 걱정을 판다고?'

걱정 같은 건 아무도 사지 않을 것 같은데, 엄청 수상한 가게였어요. 나는 가게 앞을 기웃거리다가 문을 살짝 건드렸어요. 그러자 문이 활짝 열리지 뭐예요.

가게 안은 사방에서 은은한 빛이 뿜어져 나오는 신비로운 분위기였어요. 꼭 다른 세상에 온 것만 같았지요. 가운데에는 유리로 된 진열장이 있는데 다양한 색깔의 깨처럼 생긴 씨앗들이 귀한 물건처럼 진열되어 있었어요.

"어서 와라. 걱정을 사러 온 걸 환영한다."

가게 주인이 나에게 다가오며 말했어요. 오동통한 얼굴에 분홍 콧수염을 기르고 윤기 나는 분홍 단발머리를 찰랑거리는 아저씨였어요. 푸른색 줄무늬 조끼와 바지를 입었는데 아주 뚱뚱해서 금방이라도 옷이 터질 것 같았지요.

"거, 걱정을 사라고요? 그런 걸 왜 사요?"

"걱정을 왜 사냐고? 걱정은 아주아주 멋진 거란다. 걱정이 없다면 우리 인생이 얼마나 지루하고 재미없겠니? 걱정은 우리 일상을 짜릿하고 두근거리게 하는 축복이지!"

"저는 지루해도 좋으니까 걱정 같은 건 없었으면 좋겠어요."

아저씨가 손으로 콧수염을 꼬면서 말했어요.

"음, 큰 걱정이 있는 모양이구나. 그런데 생각해 보렴. 네가 무언가를 걱정한다는 건 어떻게 해 볼 도리가 있다는 거야. 아무 가능성도 없다면, 넌 벌써 포기하고 말았을 거다. 그러니까 걱정한다는 건 앞으로 좋아질 가능성이 얼마든지 있다는 뜻이지. 이게 얼마나 멋진 일이니!"

아저씨가 흥분해서 목소리를 높였어요. 하지만 나는 아저씨의 말이 조금도 와닿지 않았어요.

"어떻게 해 볼 도리가 없는 일로 걱정하는 아이도 있어요. 저처럼요."

"대체 무슨 걱정인데 그러니?"

"제가 달리기를 엄청 못하는데, 다음 주 체육 대회에서 달리기 꼴찌를 할 것 같아서요."

"하하하, 그래? 그럼 그 걱정을 내가 사마."

나는 고개를 들고 아저씨를 올려다보았어요.

"제 걱정을요? 그걸 어디 쓰시게요?"

"네 걱정이 필요한 아이에게 팔 거란다. 어떤 아이가 체육 대회를 엄청 기다리다가 갑자기 다리가 부러졌다고 생각해 보렴. 그 아이라면 네 걱정을 사고 싶지 않겠니?"

듣고 보니 그럴 것 같았어요. 다리가 부러진 아이는 달리기 경기에 나가고 싶어도 그럴 생각조차 못 할 테니까요.

"정말 제 걱정을 가져가실 수 있어요?"

"그럼, 어렵지 않단다. 지금부터 집중해서 없애고 싶은 걱정을 떠올려 보렴."

나는 눈을 감고 체육 대회 날 달리기 경기에서 꼴찌 하는 상상을 했어요. 그 모습을 다온이가 보고 있다고 생각하니 벌써 얼굴이 뜨거워지고 어디론가 숨고만 싶었어요.

그때 머리에서 따끔한 느낌이 들었어요.

"이제 됐다."

눈을 떠 보니 아저씨가 머리카락 하나를 들고 있었 어요.

"네 걱정이 담긴 머리카락이야. 이걸로 걱정 씨앗을 만들 거란다."

아저씨는 진열장 뒤에 있는 냉장고에서 물이 담긴 유리병을 꺼내더니 그 안에 머리카락을 담갔어요. 그 러자 머리카락 끝에서 무언가 반짝거리는 것이 물속 으로 쑥 떨어지지 뭐예요. 아저씨는 유리병을 냉장고

깊숙이 넣었어요.

"저건 며칠 뒤면 어엿한 걱정 씨앗이 될 거야. 네 걱정을 샀으니 너한테도 멋진 걱정을 선물해야겠구나."

나는 깜짝 놀라서 고개를 저었어요.

"네? 저는 걱정이라면 딱 질색이에요."

"한번 둘러보기라도 하렴. 네 마음에 드는 게 있을지도 모르잖니."

아저씨가 걱정 씨앗 진열장을 가리키며 말했어요. 나는 진열장을 볼 필요도 없다고 생각했어요.

"아니요. 걱정이라면 무엇이든 마음에 안 들어요."

"흠, 너는 정말 걱정을 싫어하는구나. 그렇다면……이건 어떠냐?"

아저씨가 진열장 아래 칸에서 아주 조그만 상자 하나를 꺼냈어요. 상자를 열자 그 안에 작은 씨앗 한 알이 들어 있고 그 옆에는 이렇게 적혀 있었어요.

걱정이 없어서 걱정

"이게 뭐예요?"

"걱정이 없어도 너무 없어서 걱정하게 되는 씨앗이
지. 너한테 딱 어울리는 씨앗 아니냐?"

"정말 걱정이 없어진다고요?"

나는 아저씨 말이 진짜인지 궁금했어요. 그래서 그
씨앗을 사 보기로 했지요. 아저씨는 상자에서 씨앗을
꺼낸 다음, 나에게 고개를 살짝 숙여 보라고 했어요.
고개를 숙이고 있으니 머리 위로 따뜻한 공기가 내려
앉는 느낌이 들었어요.

"자, 됐다. 네가 우리 가게에서 가장 귀한 씨앗을 얻
었구나. 하하하."

아저씨가 앞으로 흘러내린 머리카락을 뒤로 넘기며
호탕하게 웃었어요.

③ 어떻게든 될 거야

　걱정 가게를 나와서 학교에 가는데, 이상하게 마음이 가뿐했어요. 아까 집에서 나올 때만 해도 걱정 때문에 머릿속이 복잡했는데 말이에요. 내가 무엇 때문에 그렇게 걱정했는지도 생각이 잘 안 나지 뭐예요.

　1교시를 시작하자마자 선생님이 말했어요.

　"얘들아, 체육 대회 진행을 도와줄 심판이 반별로 한 사람씩 필요한데 하고 싶은 사람 있어?"

　"심판은 경기에 못 나가는 거 아니에요?"

　한 아이가 묻자 선생님이 고개를 끄덕였어요.

"맞아. 경기는 나가지 못하고 선생님이랑 계속 같이 다녀야 해. 그래도 도와줄 사람 있을까?"

선생님의 말에 갑자기 귀가 쫑긋 섰어요. 경기에 나가지 못하다니, 그럼 달리기를 하지 않아도 되잖아요! 아이들은 심판이 재미없겠다 싶었는지 아무도 하려고 하지 않았어요.

나는 손을 번쩍 들고 말했어요.

"제가 할게요!"

"오, 연호가 해 볼래? 아무도 하지 않을까 봐 걱정이었는데 선뜻 맡아 주니 고맙네."

선생님이 나를 보고 활짝 웃었어요. 나도 저절로 웃음이 나왔어요. 달리기 꼴찌 걱정을 하지 않아도 된다니, 오히려 내가 선생님에게 고맙다고 말하고 싶었어요. 그러고 보니 걱정 씨앗이 정말 내 걱정을 가져가 주었나 봐요. 달리기 꼴찌 걱정이 이렇게 갑자기 해결되다니 말이에요.

'진짜 신기한 씨앗이네. 그럼 걱정이 전부 사라질 거라는 아저씨 말도 진짜일까?'

그 말이 정말이든 아니든 이제 상관없어요. 제일 큰 걱정이 사라졌으니 그것만으로 충분했거든요.

1교시가 끝나고 선생님이 나를 불렀어요.

"연호야, 심판은 경기마다 규칙을 잘 알아야 하거든. 종목이 다양해서 공부할 게 좀 많은데 괜찮겠니?"

선생님이 건네준 종이에 경기 규칙이 빽빽하게 적혀 있었어요.

'이걸 언제 다 공부하지?'

그런데 신기한 일이 벌어졌어요. 나도 모르게 입에서 이런 말이 나왔거든요.

"알겠어요, 선생님. 걱정 마세요."

마음에 없는 말이 나온 게 아니었어요. 그냥 어떻게든 될 거라는 생각이 들었어요. 평소대로라면 그 종이를 보는 순간 가슴이 답답해지면서 머리가 무거워졌을 거예요. 선생님한테 내색도 못 하고 자리에 돌아오자마자 걱정이 시작되었겠죠. 그런데 오늘은 조금도 마음에 걸리는 게 없었어요.

집에 오자마자 엄마에게 체육 대회 날에 심판을 맡게 되었다고 말했어요.

"정말? 그럼 달리기 안 해도 되는 거야?"

"응, 그 대신 심판이니까 모든 경기 규칙을 잘 알아야 한대."

엄마는 선생님이 챙겨 준 종이를 보더니 입을 딱 벌렸어요.

"이걸 다 알아야 하는 거야? 오늘부터 공부 열심히 해야겠네."

"뭐, 천천히 하면 돼."

나는 규칙이 적혀 있는 종이를 책꽂이에 아무렇게나 꽂아 놓았어요. 내일 당장 체육 대회를 하는 것도 아닌데, 미리 머리 싸매고 공부할 필요는 없으니까요.

"연호, 너 엄청 느긋해졌다. 우리 걱정 왕자가 웬일 이래?"

엄마가 신기하다는 듯 나를 보았어요. 나는 히죽 웃어 보이고 텔레비전을 켰어요.

"오늘 숙제 없어? 항상 숙제 먼저 하더니."

"응, 별거 아니라서 이따가 하면 돼."

숙제부터 하지 않고 텔레비전을 보아도 마음이 편하다니, 지금까지 왜 이렇게 하지 않았을까요?

실컷 텔레비전을 보다가 저녁까지 먹고 나니 아빠가 회사에서 돌아왔어요. 나는 아빠한테도 체육 대회 심판이 된 걸 자랑한 뒤에야 숙제를 시작했어요. 밤늦게 하려니 좀 졸리긴 했지만, 느긋한 마음으로 하니까 더 잘되는 것 같았어요.

숙제를 끝내고 침대에 누우니 잠이 솔솔 쏟아졌어요. 평소 같으면 이런저런 걱정을 하느라 한참을 뒤척

였을 텐데 말이에요.

  '아, 진작 이렇게 살면 좋았잖아. 걱정이 없으니까
참 좋네.'

  나는 실실 웃으면서 기분 좋게 잠들었어요.

4 이런 행운이 올 줄이야

책가방을 메고 현관문을 나서는데 엄마가 나를 불러 세웠어요.

"연호야, 이거 또 안 챙겼잖아. 요즘 자꾸 까먹네."

엄마가 내민 보조 가방을 보고 나는 고개를 가로저었어요.

"안 가져갈래."

"응? 안 가져가도 돼? 이거 없으면 불편하다며."

"그거 들고 다니는 게 더 불편해."

책가방만 메고 학교에 가니까 양손이 자유로워서

아주 홀가분했어요. 어제까지 거추장스러운 보조 가방을 들고 다닌 게 이해되지 않았어요.

'그런 걸 뭐 하러 챙겨 다녔지? 종일 쓸지 안 쓸지도 모르는 물건들인데.'

갑자기 비가 올 때는 냅다 뛰면 되고, 물티슈가 필요할 때는 화장실에 있는 휴지를 뜯어서 물에 적셔 쓰면 되는데 말이에요. 보조 가방이 없으니 훨씬 여유롭고 멋진 아이가 된 것 같았어요.

학교에 오니 더 멋진 일이 기다리고 있었어요.

"자, 오늘은 짝꿍을 바꿀 거야. 지난번에는 남자아이들이 앞으로 한 줄씩 옮겼지? 이번에는 여자아이들이 뒤로 한 줄씩 옮기자."

세상에, 여자아이들이 자리를 뒤로 옮기면서 다온이가 내 짝꿍이 되었어요. 이런 행운이 올 줄이야! 나는 기분 좋은 걸 티 내지 않으려고 애써 덤덤한 표정을 지었어요.

내 옆자리로 온 다온이가 빙긋 웃으며 물었어요.

"장연호, 너 오늘도 그 주머니 가져왔어?"

"주머니? 무슨 주머니?"

"네가 매일 들고 다니는 주머니 있잖아. 둥그런 거."

아, 다온이가 무얼 말하는지 알 것 같았어요. 내 보조 가방이 둥그런 모양이라 주머니처럼 보였나 봐요.

"그거 이제 안 들고 다녀."

다온이가 빙글빙글 웃으며 물었어요.

"그래? 그거 네 보물 주머니 아니었어?"

이럴 수가, 다온이 눈에도 내 보조 가방이 우스꽝스러워 보였나 봐요.

나는 힘주어 말했어요.

"아냐. 그런 거 이제 필요 없어."

부끄러워서 다온이 얼굴을 마주 볼 수가 없었어요. 앞으로 다시는 보조 가방 따위 들고 다니지 말자고 다짐했지요.

3교시는 미술 시간이었어요. 선생님이 칠판에 '다양한 재료로 짝꿍 얼굴 그리기'라고 쓰더니 말했어요.

"다들 준비물 챙겨 왔지? 다양한 재료로 새 짝꿍의 얼굴을 그려 보는 거야."

아이들이 제각기 준비해 온 것들을 꺼냈어요. 색연필, 사인펜, 크레파스, 물감까지 종류가 다양했어요. 나는 그제야 아차 싶었어요. 어제 준비물을 확인할 때 연필만 있어도 괜찮을 것 같아서 다른 건 챙기지 않았거든요.

곁눈질로 보니 다온이도 나처럼 챙겨 온 게 없었어요. 다온이가 어쩔 줄 모르는 얼굴로 말했어요.

"장연호, 너도 안 챙겨 왔어? 나는 그냥 필통에 있는 걸로 그리면 될 줄 알았는데……."

"나도……."

우리는 어쩔 수 없이 연필로 서로의 얼굴을 그리기 시작했어요. 안 그래도 그림에 소질이 없는데 연필로

만 그리려니 다온이 얼굴이 더 밋밋해 보였어요. 다른 아이들을 둘러보니 새 짝꿍과 키득거리며 알록달록 화려한 재료로 얼굴을 그리고 있었어요.

'집에 색연필이랑 크레파스, 물감 다 있는데. 그걸 다 가져왔으면 다온이 얼굴 더 잘 그릴 수 있을 텐데…….'

선생님은 아이들 사이로 돌아다니다가 다온이와 내 그림을 보고 웃음을 터뜨렸어요.

"아이고, 다온이랑 연호 그림은 얼굴이 회색빛이네. 짝꿍을 좀 더 사랑하는 마음을 가져야겠는걸."

나도 다온이도 부끄러워서 고개를 숙였어요. 선생님이 지나가고 나서 다온이가 말했어요.

"너도 나처럼 덜렁대는구나. 엄청 꼼꼼해 보였는데."

덜렁댄다니, 그런 말은 처음 들어 보았어요. 좀 억울한 기분이 들었지요. 원래 나는 꼼꼼하다는 말을 자

주 듣거든요. 아무래도 다온이가 나한테 실망한 것 같았어요. 원래의 나였다면 걱정이 되어서 챙길 수 있는 재료를 보조 가방에 다 챙겨 왔을 거예요. 그럼 다온이한테도 재료를 빌려주었을 거고, 미술 시간이 훨씬 즐거웠을 텐데 말이에요.

걱정이 없어지면 무조건 좋을 줄 알았는데 그것도 아닌가 봐요. 오늘은 다온이에게 나의 원래 모습을 보여 주지 못해서 너무 아쉬운 하루였어요.

5 보물 주머니가 아니야

이제 며칠만 있으면 체육 대회예요. 다온이는 쉬는 시간마다 아이들과 체육 대회 이야기를 했어요. 2학년 전체에서 달리기 1등을 하고 싶다는 이야기였어요.

다온이가 우리 반 대표로 달릴 때 내가 심판을 보면 좋을 것 같아요. 다온이가 결승선에 가장 먼저 들어오면, 내가 "김다온, 1등!" 하고 외치는 거예요. 그럼 다온이는 나를 보고 활짝 웃겠죠.

선생님이 준 경기 규칙을 아직 읽어 보지 않았지만, 달리기 규칙은 특별히 신경 써서 읽어야겠어요. 그래야 선생님한테 달리기 심판을 꼭 하고 싶다고 말할 수 있으니까요.

점심시간이 끝날 때쯤 다온이가 자리로 돌아와 나에게 물었어요.

"너 반창고 있어?"

"응, 잠깐만."

나는 보조 가방을 찾으려다 아차 싶었어요. 보조 가방을 안 들고 다닌 지 일주일이 넘었거든요.

"생각해 보니 나 반창고 없어. 어디다 쓰게?"

"운동장에서 달리기 연습하다가 넘어져서 무릎이 까졌는데, 선생님이 반창고 다 떨어졌대. 보건실에 가야 하나 봐."

다온이가 빨갛게 까진 무릎을 보여 주었어요. 보기만 해도 따갑고 쓰라린 느낌이었어요.

"장연호, 너 원래 반창고 들고 다니지 않았어? 전에 가방에서 반창고 꺼내는 거 봤는데."

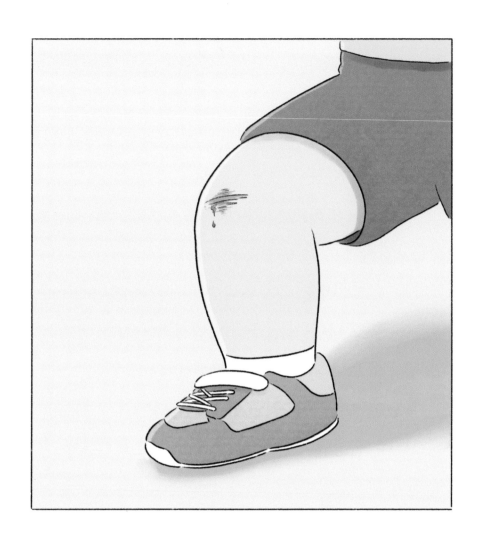

"그 가방, 이제 안 들고 다녀서……."

"아, 그 보물 주머니에 들어 있던 거구나."

다온이가 내 보조 가방을 또 '보물 주머니'라고 했

어요. 나는 그 말이 놀리는 것 같아서 듣기 싫었어요.

"그거 주머니 아니고 그냥 가방이야. 이제 가지고 다니지도 않고."

"아, 나는 그 가방이 진짜로 보물 주머니 같아서 그렇게 말한 거야. 필요한 건 뭐든 다 나오길래."

다온이가 당황한 얼굴로 말했어요.

"네가 거기서 옷핀도 꺼내고 물티슈에 손톱깎이까지 꺼내는 거 봤어. 그렇게 잘 챙겨 다니는 아이는 처음 봤거든. 나는 물건을 잘 챙기지 못하고 챙긴 것도 어디에 두었는지 자주 잊어버리는데."

다온이 표정을 보니 놀리는 말이 아니라 진심인 것 같았어요. 내가 보조 가방을 들고 다니는 걸 좋게 봤다니……. 기분이 좋기도 하고, 좋지 않기도 했어요. 나를 좋게 봐 준 건 좋았어요. 그런데 나는 이제 보조 가방 따위 들고 다니기 싫어졌다는 말이죠. 다온이는 걱정 없이 여유로운 지금의 내 모습을 더 좋아할 것 같았는데 말이에요.

5교시가 끝나고 선생님이 말했어요.

"체육 대회 때 교내 장기 자랑을 하려고 하는데 혹시 우리 반에도 나가고 싶은 사람 있어? 꼭 나가야 하는 건 아니야."

갑작스러운 이야기에 아무도 손을 들지 않았어요. 선생님은 아이들을 둘러보다가 고개를 끄덕였어요.

"그래, 우리 반은 나가지 않는 걸로 해야겠다."

그때 한 아이가 불쑥 말했어요.

"장연호는 경기 안 나가니까 장연호가 장기 자랑 나가면 어때요?"

아이들이 여기저기서 맞장구쳤어요.

"맞아요. 장연호가 나가면 될 거 같아요."

나는 놀라서 눈만 깜박거렸어요. 장기 자랑이라니, 그것보다 나랑 어울리지 않는 말도 없을 거예요. 나한테 자랑할 장기라고는 아무것도 없으니까요.

"연호야, 혹시 나갈 생각 있어? 나가지 않아도 되니까 편하게 이야기하렴."

말은 그렇게 했지만, 선생님도 내가 나가면 좋겠다고 생각하는 것 같았어요. 특별한 장기가 없기는 한데, 생각해 보니 나가지 못할 이유도 없겠다 싶었어요. 어떻게든 될 것 같았거든요.

"네, 제가 나가 볼게요."

"응? 정말?"

선생님이 눈을 동그랗게 떴어요. 아이들이 "우아." 환호성을 지르며 손뼉을 쳤어요. 아이들한테 그렇게 박수를 받아 본 건 처음이었어요. 갑자기 영웅이 된 것처럼 우쭐한 기분이 들었지요.

다온이도 나의 새로운 모습을 보고 놀란 것 같았어요. 나는 어깨가 으쓱해져서 기분이 둥둥 뜬 채로 학교를 나왔어요.

그런데 집에 오는 길에 문득 머릿속에 물음표 하나가 떠올랐어요.

'나, 이렇게 마음 편해도 되는 거야?'

⑥ 다시 찾은 가게

정말 묘한 기분이었어요. 마음이 편한 듯하면서도 어딘가 찜찜하고 불안했어요. 왜 그런지 생각해 보았더니 금방 알 것 같았어요. 장기 자랑에 나가겠다고 큰소리쳐 놓고 아무 대책도 없는 내가 이상해서 그런 거겠죠.

'으, 이러다 망신당할 게 뻔한데. 나는 왜 이렇게 태평하지?'

이런 생각이 들다가도 이내 마음속에서 느긋한 목소리가 들려왔어요.

'뭐, 어때. 어떻게든 되겠지.'

아무리 걱정을 떠올려 보려 해도 자꾸만 느긋한 목소리가 들려왔어요.

'걱정할 필요 없어. 그냥 될 대로 되라고 내버려둬.'

이렇게 살면 모든 게 다 엉망이 될 것 같았어요. 나는 그러든지 말든지 아무 걱정이 없으니 자꾸 일을 저지를 거고요.

'그건 정말 최악이야. 내가 원하는 건 그런 게 아닌데…….'

나는 집 앞까지 왔다가 발길을 돌렸어요. 쉬지 않고 달려서 걱정 가게 앞에 멈추어 섰지요.

가게 문을 두드렸더니 기다렸다는 듯 문이 활짝 열렸어요.

"어, 또 왔구나. 지금쯤이면 걱정이 사라졌을 텐데 어쩐 일로 다시 왔니?"

주인아저씨가 콧수염을 꼬며 물었어요.

"걱정이 없어지긴 했는데…… 어쩐지 마음이 편하지 않아요."

아저씨는 고개를 갸웃거리다가 무언가 알아차린 듯 웃음을 터뜨렸어요.

"아하하하, 네가 사 간 씨앗이 '걱정이 없어서 걱정'이었지? 그 걱정이 시작된 거로구나."

"곰곰이 생각해 봤는데, 걱정이 아주 없는 건 좀 문제가 있는 거 같아요."

"그래서 내가 말하지 않았니. 걱정은 축복이라고 말이다."

아무리 그래도 걱정이 축복이라니, 그건 말이 안 되잖아요. 하지만 아저씨한테 부탁할 게 있어서 나는 가만히 고개를 끄덕였어요.

"아저씨, 제가 산 걱정을 돌려드려도 되나요? 아무래도 저한테는 맞지 않는 것 같아요."

"음, 그럼 달리기 꼴찌 걱정을 돌려받아야 하는데

괜찮겠니?"

"아, 그건 안 되는데⋯⋯."

아저씨는 나를 가만히 보더니 유리 진열대를 가리켰어요.

"그렇다면 다른 걱정을 사는 건 어떠니? 지금 너에게 필요한 다른 걱정이 있을지도 몰라."

'지금 나한테 필요한 걱정?'

나는 혹시나 하는 마음으로 진열대 앞에 섰어요. 작은 씨앗마다 각기 다른 이름이 붙어 있었지요. 그중 하나가 내 눈에 쏙 들어왔어요.

아이들이 다 나를 좋아해서 걱정.

아이들이 나에게 힘껏 손뼉을 쳐 주던 순간이 떠올랐어요. 그러자 하늘로 붕붕 떠오르는 것 같던 기분이 되살아났지요. 이 씨앗에 적힌 것처럼 아이들이 다 나

를 좋아하면, 매일 그렇게 박수를 받고 들뜬 기분으로 살지 않을까요? 인기 많은 내 모습에 다온이도 나를 더 좋게 볼 거고요. 아니, 혹시 내가 다른 아이를 더 좋아할까 봐 질투할 수도 있으려나요.

'그럼 나는 다온이한테 이렇게 말해 주어야지. 나는 너만 좋아한다고.'

나는 마음을 정하고 그 씨앗을 가리켰어요.

"저 이걸로 할게요."

"오호라, 그것도 참 달콤한 걱정이지."

아저씨는 나에게 걱정이 없어서 생긴 불안한 마음에 집중해 보라고 하더니 내 머리카락 하나를 쏙 뽑았어요. 그걸 유리병에 담그고 거기서 나온 씨앗을 냉장고에 넣었지요. 그리고 내 머리를 숙이게 하더니 새 걱정 씨앗을 뿌려 주었어요. 지난번처럼 따뜻한 공기가 머리를 감싸는 느낌이 들었어요.

"다 됐다. 이제 아이들이 너를 좋아할 일만 남았구

나."

아저씨가 내 어깨를 두드리며 다시 말했어요.

"기억하렴. 달리기 걱정을 하지 않고 무사히 체육 대회를 마치면 우리 거래도 끝나는 거야. 그때는 이번

처럼 걱정을 돌려주고 싶어도 되돌릴 수 없단다."

"알겠어요. 고맙습니다."

나는 아저씨에게 꾸벅 인사하고 가게를 나왔어요. 한 걸음 한 걸음 걸어갈수록 머릿속이 점점 복잡해졌어요.

'내가 어쩌자고 장기 자랑에 나간다고 했지? 정말 말도 안 돼. 내일 학교 가자마자 선생님한테 못 한다고 해야겠어. 오늘 숙제는 뭐가 있더라? 내일 준비물은 또 뭐였지?'

걱정 많은 원래의 나로 돌아온 거예요. 갑자기 이런저런 생각이 마구 생겨나서 정신이 하나도 없었어요.

나는 집에 오자마자 숙제부터 해 놓고, 준비물을 챙겼어요. 내일 선생님한테 장기 자랑에 못 나간다고 어떻게 말할지도 생각해 두었지요.

책가방까지 다 챙기고 나니 아빠가 미용실에 가자고 했어요. 벌써 이발한 지 한 달이 되었나 봐요.

미용실에 가서 머리카락을 자르는데, 아까 걱정 가게에서 새로 산 걱정이 떠올랐어요.

'정말 아이들이 나를 좋아하게 될까?'

거울에 비친 나는 아무리 봐도 평범하게 생겨서 아이들이 좋아할 구석이 없었어요.

이발을 마치고 집에 오는 길에 아빠가 물었어요.

"우리 연호, 체육 대회 때 심판 본다고 했지? 심판 공부는 열심히 하고 있어?"

"아, 맞다!"

그걸 깜박 잊고 있었어요. 체육 대회가 이틀밖에 남지 않았는데 큰일이에요. 집에 가자마자 경기 규칙부터 외워야 할 것 같았어요. 아빠가 내 얼굴을 빤히 보더니 다시 물었어요.

"연호야, 너 혹시 달리기 경기 나가기 싫어서 심판 하겠다고 한 거야?"

나는 고개를 푹 숙이고 대답했어요.

"으응, 꼴찌 하면 창피하잖아."

생각에 잠겨 있던 아빠가 말했어요.

"있잖아. 네가 달리기를 못해도 너를 좋아하는 사람들은 너를 계속 좋아할 거야."

"응?"

"그 아이가 누군지는 모르겠지만, 연호 너를 알아봤다면 분명 너를 좋아할 거야."

아빠는 내가 좋아하는 아이가 있다는 걸 눈치챈 것 같았어요. 나는 아빠 말이 잘 이해되지는 않았지만, 가만히 듣고 있었어요. 머릿속이 온통 심판 공부에 대한 걱정으로 가득 차 있었거든요.

7 지노를 닮았다고?

아침밥을 먹으면서 선생님이 준 경기 규칙을 읽고
또 읽었어요. 내일이면 벌써 체육 대회라 마음이 급했
어요.

"연호야, 그거 그만 보고 얼른 밥 먹어. 늦겠다."

"알겠어. 참, 내 보조 가방 어디 있어?"

"응? 그거 이제 안 들고 다닌다더니."

엄마가 다용도실에서 보조 가방을 가져왔어요.

"언젠가 찾겠다 싶더니만. 안 버리고 두길 잘했네."

나는 책가방을 메고 보조 가방도 손에 들었어요. 손

이 가볍지는 않았지만, 이제야 학교 갈 준비가 완벽하게 된 것 같았어요.

교실에 들어서는데 아이들이 나를 보고 웅성거렸어요. 자리에 앉으니 한 아이가 나에게 다가와 물었어요.

"장연호, 너 미용실 가서 아이돌 지노처럼 머리해 달라고 했어?"

"어? 아니, 그냥 자를 때가 되어서 자른 건데."

"아이돌 지노랑 엄청 비슷한데."

그때 다른 아이가 끼어들었어요.

"연호랑 지노랑 얼굴이 좀 닮은 것 같기도 해. 머리 스타일이 비슷해지니까 더 똑같네."

지노는 요즘 가장 인기 있는 아이돌이에요. 잘생긴 데다 춤도 잘 추고 랩도 엄청 잘해요. 그런데 내가 지노를 닮았다니, 처음 들어 보는 말이었어요. 아이들이 하나둘 계속 내 자리로 몰려왔어요.

"지노가 너희 사촌 형인 거 아니야?"

"지노처럼 모자 쓰고 옷 입으면 진짜 똑같겠다."

"너 나중에 아이돌 하고 싶은 생각도 있어?"

이렇게 아이들한테 둘러싸인 게 처음이라서 정신이 멍했어요. 아이들이 내 얼굴을 뚫어져라 보는 게 부끄러웠지만, 어제 박수를 받을 때처럼 우쭐한 기분도 들었어요. 수업 종이 치고 나서야 아이들은 우르르 자기 자리로 돌아갔어요.

'정말 모두가 나를 좋아하게 됐잖아?'

생각할수록 신기했어요. 머리 위에 씨앗 한 알 뿌렸을 뿐인데 나를 전혀 다르게 보다니 말이에요. 나는 다온이를 힐끔 보았어요. 다온이도 내가 지노를 닮았다고 생각하는지 궁금했어요.

"있잖아, 네가 보기에도 내가 지노를 닮았어?"

"아니, 별로."

다온이가 망설임 없이 바로 대답했어요. 나는 창피해져서 입을 다물었어요. 괜히 물어봤나 봐요. 사실 내 눈에도 전혀 닮지 않았는데 말이에요.

쉬는 시간마다 아이들이 자꾸 내 자리로 몰려왔어요. 경기 규칙도 공부해야 하고, 다온이랑 이야기도 하고 싶은데 아이들한테 둘러싸여 있으니 아무것도 할 수가 없었어요.

나중에는 다른 반 아이들까지 복도 쪽 창문에 붙어서 웅성거렸어요. 우리 반에 지노를 닮은 아이가 있다는 이야기를 듣고 몰려온 거였어요.

화장실에 갈 때도 다른 반 아이들이 내 뒤에서 속닥거렸어요.

"쟤가 지노 닮은 2반 장연호야."

"지노 닮은 애, 오줌 누러 가나 봐."

화장실에서도 아이들이 뒤에서 지켜보는 것 같아서 오줌이 잘 나오지 않았어요. 아이돌 스타는 화장실 가기도 정말 힘들 것 같았어요.

참, 그러고 보니 선생님한테 장기 자랑에 나가지 않

겠다고 말해야 하는데 그걸 잊고 있었어요. 나는 화장실에서 돌아오자마자 선생님에게 갔어요.

"저 생각해 봤는데 장기 자랑 못 나갈 것 같아요. 죄송해요."

"아, 그래? 알겠어. 괜찮아, 연호야."

선생님이 빙그레 웃어 주어서 나도 마음이 편해졌어요.

쉬는 시간이 끝나고 선생님이 아이들 앞에 서서 말했어요.

"연호가 장기 자랑에 못 나가게 되었는데 혹시 나가고 싶은 사람 있어?"

"그건 안 돼요! 장연호가 나가야 해요. 그럼 우리 반이 무조건 장기 자랑 1등이라고요."

"맞아요. 다른 아이가 나가는 건 말도 안 돼요."

아이들이 입을 모아 내 이름을 외쳤어요.

"장연호! 장연호! 장연호!"

선생님이 곤란한 표정을 짓다가 나에게 말했어요.

"연호야, 아이들이 너를 많이 좋아하나 보다. 내일 아침까지 좀 더 생각해 볼래? 정 자신 없으면 나가지 않아도 괜찮아."

내가 처음부터 장기 자랑에 나간다고 해서 괜히 선생님까지 곤란하게 만든 것 같았어요. 나는 머뭇거리다가 기어드는 목소리로 겨우 대답했어요.

"네……."

아이들이 내 대답에 환호성을 질렀어요. 내가 마음을 바꾸기라도 한 것처럼요. 나는 어떻게 말해야 좋을지 몰라서 일단 알겠다고 한 건데 말이에요.

그때 다온이가 나에게 속삭였어요.

"너 정말 장기 자랑 나갈 거야? 나가서 뭐 할지는 정했고?"

"아니, 아무래도 못 나갈 것 같아."

"그럼 지금 말해야지. 내일 말하면 다들 엄청 실망

할 텐데."

다온이 말이 맞아요. 그런데 차마 지금은 그 말이 나오지 않았어요. 다온이에게는 이런 내가 엄청 답답해 보이겠지요.

아이들이 나를 좋아하면 다온이도 나를 좋아하게 되고 모든 일이 잘 풀릴 것 같았는데, 일이 더 엉망이 되고 있었어요. 아무래도 내가 또 걱정을 잘못 골랐나 봐요.

'이 걱정을 돌려주면 달리기 꼴찌 걱정을 다시 받아야 하잖아. 아니면 또 새 걱정을 사야 하는데…….'

아저씨는 체육 대회가 끝나고 나면 걱정을 돌려줄 수 없다고 했어요. 그럼 나는 계속 이렇게 관심을 받으면서 평생 살아야 해요.

'그건 내가 원하는 게 아닌데…….'

머릿속이 복잡하다 못해 뻥 터질 것만 같았어요.

8 세상에서 제일 맛있는 떡볶이

걱정 가게 아저씨가 단발머리를 찰랑이며 고개를
내저었어요.

"저런 저런, 이번에 사 간 걱정도 별로였어? 그래서
정말 달리기 꼴찌 걱정을 돌려받겠다는 거니?"

"네, 그렇게 할래요. 아직 체육 대회 전이니까 돌려
주실 수 있죠?"

"흠, 좋은 거래가 될 뻔했는데 아쉽구나. 다시는 원
하는 걱정을 가질 기회가 없을 텐데 정말 괜찮겠니?"

"네, 괜찮아요."

아저씨는 지난번처럼 내 머리카락 하나를 뽑아 가더니, 달리기 꼴찌 걱정 씨앗을 머리에 도로 뿌려 주었어요.

"이제 모든 아이가 너를 좋아해서 걱정할 일은 없을 거야. 그 대신 달리기 꼴찌 걱정이 다시 찾아올 거다. 걱정을 감당할 준비는 되었니?"

"아, 네……."

사실 조금도 준비되지 않았지만, 나는 개미만 한 목소리로 작게 대답하고 가게를 나왔어요.

'이미 심판을 하기로 했는데 설마 달리기 시합에 나갈 일이 생길까? 그냥 잘 넘어갈 수도 있지 않을까?'

그렇게 생각하고 싶어도 도무지 마음이 놓이지 않았어요. 어쩐지 달리기 시합에 나가게 될 것만 같았거든요.

나는 집에 와서 선생님이 준 경기 규칙을 외운 다음, 저녁을 먹고 일찍 잠자리에 누웠어요. 누워서도 달리기 시합에 나갈 생각에 한참 동안 잠이 오지 않았지요.

오늘은 드디어 체육 대회 날이에요. 어제 걱정 때문에 잠을 설치는 바람에 늦잠을 잤지 뭐예요.

교실에 도착하니 아이들이 벌써 다 와 있었어요. 나는 가방을 내려놓자마자 선생님에게 가서 장기 자랑에 못 나갈 것 같다고 말했어요. 선생님은 알겠다고 하더니 아이들에게 물었어요.

"연호가 장기 자랑에 못 나가게 되었는데, 혹시 나가고 싶은 사람 있어?"

아이들이 일제히 나를 쳐다봤어요. 나는 갑자기 가슴이 두근거렸어요. 어제처럼 아이들이 내가 꼭 나가야 한다고 떼를 쓰면 어쩌나 걱정되었지요. 그런데 신기한 일이었어요.

"우리 반은 그냥 안 나가도 될 것 같아요."

"맞아요. 연호가 나가는 것도 무리였어요."

아이들이 아무렇지 않게 대답했어요. 어제 입을 모아 내 이름을 외친 건 까맣게 잊은 모양이에요. 아이들은 나에게 별 관심 없던 예전으로 완전히 돌아간 것 같았어요. 조금 아쉬웠지만, 불편했던 어제 하루를 생각하니 정말 다행이었어요.

"그런데 연호야, 오늘 심판은 피구 경기만 하면 되니까 다른 경기에는 참가하도록 하렴."

선생님의 말에 나는 깜짝 놀라서 물었어요.

"네? 갑자기 왜요?"

"교장 선생님께서 심판 보는 아이들도 체육 대회를 즐길 수 있어야 한다고, 그렇게 결정하셨어. 다른 경기는 시간 되는 선생님들이 도와주기로 했단다."

이럴 수가, 결국 달리기 경기에 나가야 하나 봐요. 사실 이런 일이 생길까 봐 어제 생각해 낸 게 하나 있었어요.

"저, 오늘 심판만 보는 줄 알고 운동화 안 신고 구두

신었는데요."

　"음, 그럼 연호랑 발 치수 같은 아이가 잠깐 빌려주면 어때? 연호 발 치수가 몇이지?"

나랑 발 치수가 같다고 손을 든 아이가 다섯 명이나 있었어요. 나는 어쩔 수 없이 다른 아이 운동화를 빌려 신고 달리기 경기에 나가게 되었어요.

'휴, 정말 나가야 하는 거야? 제대로 연습도 못 해서 꼴찌 할 게 뻔한데…….'

내 차례가 다가올수록 입안이 바싹 말랐어요. 다온이는 벌써 우리 반 여자 달리기 경기에서 1등을 하고 반 대표로 경기에 나갈 준비를 하고 있었어요. 다온이가 보고 있다고 생각하니 가슴이 쿵쿵 세게 뛰었어요.

'그냥 있는 힘껏 뛰자. 운 좋으면 꼴찌 하지 않을 수도 있잖아.'

선생님이 깃발을 들자마자 나는 온 힘을 다해 달리기 시작했어요. 처음에는 꼴찌가 아니었는데 다른 아이들이 금방 나를 앞질렀어요. 역시 나는 오늘도 꼴찌인 걸까요…….

그래도 아직 끝난 건 아니에요. 나는 팔을 앞뒤로

휘두르며 다리에 힘을 주었어요. 그러다 두 발이 엉키더니 철퍼덕 넘어지고 말았어요.

"와하하하."

아이들이 크게 웃는 소리가 들렸어요. 다온이도 웃고 있을 거예요. 휴, 완전히 망했어요.

무릎이 따끔한 걸 보니 조금 까진 모양이에요. 나는 어기적어기적 걸어서 결승선에 꼴찌로 들어왔어요.

'그래. 내가 그렇지, 뭐.'

터덜터덜 교실에 들어와서 보조 가방을 뒤적였어요. 그런데 반창고가 하나도 없지 뭐예요. 보조 가방을 집에 두고 다니는 동안 빠진 물건을 채워 넣는 것도 잊었나 봐요.

"자, 이거 붙여."

언제 왔는지 다온이가 나에게 반창고 하나를 내밀었어요.

"덜렁거리는 버릇을 고치고 싶어서 나도 보물 주머

니 샀어. 너처럼 이것저것 넣어 다니려고."

다온이는 쑥스러운 얼굴로 손가방을 들어 보였어요. 강아지 얼굴 모양의 귀여운 손가방이었어요. 나는 갑자기 다온이에게 물어보고 싶은 게 생겼어요. 지금이 아니면 기회가 없을 것 같았어요.

"다온이 넌, 달리기 꼴찌 하는 아이는 별로지?"

다온이가 망설임 없이 대답했어요.

"어, 별로지."

역시 괜히 물어봤나 봐요. 나는 고개를 푹 숙였어요. 그때 다온이 목소리가 들렸어요.

"근데 넘어지도록 열심히 달리는 아이는 좋아."

다온이가 나를 보고 씩 웃었어요.

"체육 대회 끝나고 매운 떡볶이 먹으러 갈래? 그럼 몸에 열이 나면서 상처가 빨리 나을지도 몰라."

"그래, 좋아."

갑자기 미용실에 갔다 오던 날, 아빠가 나에게 했던

말이 떠올랐어요.

"그 아이가 너를 알아봤다면 분명 너를 좋아할 거야."

그때는 무슨 말인지 몰랐는데, 그 말의 뜻을 이제 조금 알 것 같았어요.

나는 무릎에 반창고를 붙이고 다온이와 교실을 나왔어요. 운동장으로 가는데 다온이의 오른쪽 무릎에

딱지가 앉은 게 보였어요. 다음에 혹시 다온이가 다치
면 그때는 내가 꼭 반창고를 챙겨 주어야겠어요.

에필로그

햇살이 눈부신 아침, 걱정 가게 아저씨가 가게 문을 활짝 열었어요.

"오늘도 걱정하기 딱 좋은 날씨네. 체육 대회 하기에도 참 좋은 날이야. 참, 그 아이가 오늘 달리기 경기에 나간다고 했지?"

아저씨는 빙긋 웃더니 이내 걱정스러운 표정을 지었어요.

"그 아이한테 새로운 씨앗을 받았으면 참 좋았을 텐데. 요즘 씨앗 거래가 쉽지 않아서 큰일이군."

진열장을 내려다보던 아저씨가 뭔가 결심한 듯 고개를 끄덕였어요.

"그래, 더 좋은 씨앗을 구해서 손님을 모아 보는 수밖에."

아저씨는 바로 전화기를 집어 들더니 어디론가 전화를 걸었어요. 누군가와 한참 통화하던 아저씨가 눈을 동그랗게 떴어요.

"오호라, 그 씨앗들을 구할 수 있다는 말이지요? 당연히 값은 잘 치러 드려야죠, 하하하."

가게 안에 아저씨의 호탕한 웃음소리가 크게 울려 퍼졌어요.

세상에서 가장 멋진 반전을 기대하며

지금 여러분에게는 어떤 걱정이 있나요? 혹시 며칠째 머릿속을 떠나지 않는 걱정이 있나요? 걱정이 많은 친구라면 이 책의 주인공 연호를 보면서 공감했을지도 모르겠어요. 연호는 유난히 걱정이 많고, 그런 자기 모습이 못나 보일까 봐 또 걱정하는 아이지요.

하지만 이런 연호를 좋게 본 친구가 있어요. 바로 연호가 좋아하는 다온이에요. 자주 덜렁대는 다온이는 걱정 많은 연호가 꼼꼼하게 준비하는 모습을 보면서 연호를 닮고 싶어 합니다. 달리기를 잘 못하지만 넘어지도록 열심히 달리는 연호의 모습에도 매력을 느꼈고요. 다온이는 연호의 장점을 제대로 알아본 친구였던 거죠.

이렇게 우리가 걱정하는 것들은 알고 보면 의외로 별것 아닐 때가 많아요. 걱정했던 일이 오히려 좋은 일이 되어 돌아오기도 하고요.

그러고 보면 걱정이 꼭 나쁜 것만은 아닌 것 같아요. 걱정 가게 주인아저씨도 이렇게 말하잖아요.

네가 무언가를 걱정한다는 건 어떻게 해 볼 도리가 있다는 거야. 아무 가능성도 없다면 넌 벌써 포기하고 말았을 거다. 그러니까 걱정한다는 건 앞으로 좋아질 가능성이 얼마든지 있다는 뜻이지. 이게 얼마나 멋진 일이니!

저도 아저씨의 말에 동감해요. 우리에게는 언제나 어떻게 해 볼 도리가 있고, 무엇이든 선택할 기회가 있어요. 물론 선택에는 책임이 따르겠지만, 매 순간 우리 앞에 다양한 가능성이 살아 숨 쉬고 있다는 건 무척 가슴 뛰는 일이지요.

게다가 상황은 언제든 달라질 수 있어요. '달리기 꼴찌 연호'가 다온이에게는 '넘어지도록 열심히 달리는 멋진 아이'로 다가온 것처럼 말이에요.

우리 인생에는 또 얼마나 기막힌 반전이 기다리고 있을까요? 우리 나중에 만나면 서로가 경험한 놀라운 반전 이야기를 들려주기로 해요.

여러분과 수다 떨 날을 기대하는 동화 작가

이수용

행복한 걱정 가게 ②

© 이수용·민키, 2025

초판 1쇄 인쇄일 2025년 1월 2일
초판 1쇄 발행일 2025년 1월 15일

지은이   이수용
그린이   민키
펴낸이   강병철
편집   서효원 유지서 정사라 장새롬 전욱진 이주연
디자인   이도이
마케팅   최금순 이언영 연병선 송의정
제작   홍동근

펴낸곳   이지북
출판등록 1997년 11월 15일 제105-09-06199호
주소   (04047) 서울시 마포구 양화로6길 49
전화   편집부 (02)324-2347, 경영지원부 (02)325-6047
팩스   편집부 (02)324-2348, 경영지원부 (02)2648-1311
이메일   ezbook@jamobook.com

ISBN   979-11-93914-62-5 74810
         978-89-5707-299-8 (세트)

잘못된 책은 교환해 드립니다.

"콘텐츠로 만나는 새로운 세상, 콘텐츠를 만나는 새로운 방법, 책에 대한 새로운 생각"
이지북은 세상 모든 것에 대한 여러분의 소중한 콘텐츠를 기다립니다.